Paul Schallweg · Der Stern von Bethlehem

Paul Schallweg

Der Stern von Bethlehem

Die Weihnachtsgeschichte
auf bayrisch

mit Illustrationen
von Helga Schulze

rosenheimer

ISBN 3-475-52827-4

Illustrationen: Helga I. Schulze, Brannenburg
Satzarbeiten: ew print & medienservice gmbh, Würzburg
Druck und Bindung: Wiener Verlag, Himberg bei Wien

Oft wird bedauert, daß es zu wenige geeignete Texte für die Gestaltung von Advents- und Weihnachtsfeiern gibt. Entsprechend ist diese Weihnachtsgeschichte nicht nur zum Lesen zu Hause, sondern insbesondere auch zum Vortrag bei solchen Anlässen gedacht – im kleinen Kreis, in der Kirche, im Pfarrheim. Man kann sie mit verteilten Rollen lesen und zwischendurch eine „staade Musi" oder einen Chorsatz erklingen lassen. Entwickeln Sie Ihre eigenen Ideen, wie Sie meinen „Stern von Bethlehem" zum Leuchten bringen!
Auf eine gelungene Feier freut sich mit Ihnen

Ihr Paul Schallweg

Inhalt

A unbegreiflichs Wunder

Wia möcht oan des begreifle werdn!

Koa Mensch konns faßn, liabe Leut,
net heut, net morgn, zu koana Zeit,
koa Wort, koa Liad konns wiedergem,
was in der Nacht von Bethlehem
sich do hat in an arma Stoi.
Is unser Herz aa no so voi
und unser Andacht no so fromm:
Koa Gsangl konn des hoch gnua lobn,
de schönste Gschicht konns net beschreibn,
jeds Wort muaß unvollkommen bleibn,
wenn des erfaßt sei soll, was dort,
ganz einsam in an kloana Ort,
in Palästina ent is gschehng
und nur ganz wenig Leut ham gsehng.

A unbegreiflichs Wunderding:
Gott macht se selber arm und gring.
Er gibt des Unfaßbare dro
und liegt ois kloanes Kind im Stroh.

Derselbig Herrgott, der de Welt
erschaffa hat, in der nix fehlt!
Der alles treibt und zsammahalt,
damit nix auseinanderfallt.

Wia unbegreiflich san und fern
de Abermilliardn Stern,
de weit weg ihre Bahnen ziahng!
Es geht net nei in unser Hirn,
wia hoch und weit des alles laft
und trotzdem oana Ordnung schafft.
Es is neamd da, der des versteht,
wia irgndwo a End hergeht
und was na hinterm End no kimmt,
wo schließle ois in nix zerrinnt.
'as Menschnhirn möcht rissig wern,
wenn gar nix mehr is zum erklärn ...

Und wenn ma nachts zum Himme schaugn:
Des, was ma sehng mit unsre Augn,
is nur a Bröserl grad von dem,
was über unserm Erdnlebn
ois Gottes Schöpfung sich erhebt
und jemals glebt hat und no lebt!

Derselbig Herrgott, der ois lenkt,
der alles schafft und alles schenkt,
der über ois, was is, bestimmt,
derselbig Herrgott kimmt ois Kind
zur Welt im Stall von Bethlehem,
wo Stroh und Staub und Spinnawebn
koa Aufhebns macha zwega eahm –
wia möcht oan des begreifle wern!

Wias ausschaugt auf der Welt

Milliardn, Milliardn
Menschn lebn und sterbn und wartn,
daß's mitn Irdischn a End hat,
seit der Adam des verkennt hat,
was der Herrgott eigntlich wolltat:
daß a jeder z'friedn sei solltat
mit seim Paradeisergartn.
Aber naa, ma konn drauf wartn,
daß der Mensch koa Ruah net gebn ko,
mehr sei wui und aa net lebn ko,
wenn net früher oder später
– irgndwia betreibts schier jeder –
Macht und Reichtum sich vergrößern,
d'Lebensumständ sich verbessern
und net teilt werd mit de Arma.
Menschn hungern zum Derbarma.

Haß und Mißtraun führn 'as Ruader,
Kain erschlagt sein eigna Bruader
damois wia in unsre Zeitn.
Völker duat der Deife reitn,
Kriag im Großn, Kriag im Kloana,
völlig schuldlos is kaam oana.

Wer net d'Liab verschenkt an jedn,
braucht von andre gar net redn.
Friedn fangt bei dir und mir o,
und schier jeder was dafürko,

wenn der Herrgott d'Lust verlierat.
Himme, wenn uns des passierat,
daß de Menschheit er vernichtat,
daß er uns auf de Weis richtat,
weil ma net sein Wuin erkenna,
uns im Irdischn varenna ...

Was er schickt, des is a Kind

Schickt er drum a Feuer runter,
daß de ganze Welt geht unter?
Schickt er uns des letzte Gricht her,
gibts koa Hoffnung und koan Trost mehr?

Is de Menschheit no so blind,
was er gschickt hat – *is a Kind!*

Anfang wohl vom letztn End.
Daß der Mensch a Zui erkennt
und an Weg zur Rettung findt,
liegt im Stall des kloane Kind.
Fleisch und Bluat mit Haut und Haar,
anfaßbar wia *un*faßbar.

A Gottmensch, der uns hat vermeldt,
wia Friedn werdn kannt auf dera Welt.

Gott liegt ois Kind im Ochsenstall,
ois Kind, des doch auf jedn Fall
net lebn ko, wenns koa Liab erfahrt.
A Kindl, des in Ohnmacht wart,
daß sich a Muatter kümmern werd
und wickln duat, so wia se's ghört,
eahm Nahrung gibt und Waarm dazua
und sorgt, daß 's Kindl hat sei Ruah.

D'Botschaft

Wer des betracht, ihr liabn Leut,
der nimmt se für Gedankn Zeit
zur Christgeburt im arma Stoi:
was Bethlehem bedeutn soi.
Wer bloß des Kind siecht und sonst nix,
koa Botschaft und koa Kruzifix,
koa Rettung und koa Zeitnwend,
nur grad vom Äußern werd verblendt,
vom Rummel, der uns werd verpaßt,
und auf a Stimmung sich verlaßt,
wer alles hinnimmt, wias grad kimmt,
den hohen Marktwert von dem Kind,
wer sich net wehrt und alles schluckt,
was täglich zsammglogn werd und druckt
vom Christkind, des de Gaben bringt,
wer moant, er müaßat unbedingt
sein Status hebn mitn letztn Schrei
– am Stall von Bethlehem vorbei –,
wer mitmacht und sich net besinnt,
der findt koan Weg hi zu dem Kind.

Und wia lebst du und wia leb i?
D'Adventszeit geht so schnell dahi!
Was plagt ma se und macht se Müah,
was gibt ma Kraft und Zeit dafür,
daß Liacht neikimmt in unser Lebn!
Was schafft ma scho, was geht danebn!
Scho mancher hat se im Advent
vor lauter Wergln schier darennt.

Und dann steht d'Weihnacht vor der Tür.
Da geht der Christnmensch in d'Knia.
Wer 's ganze Jahr kaam betn ko,
des kloane Kindl rührtn o,
weils Gott is, der zum guatn End
zu unsrer Armut sich bekennt.

Und jetzt horchts auf, ihr liabn Leut:
Wia kannt des gwen sei seinerzeit?
Wias ganz genau war, woaß ma net,
drum sag i, um was's letztlich geht:
daß Gott der Menschn sich erbarmt,
ois Kind de ganze Welt umarmt,
zu unsrer Armut sich bekennt,
an Weg uns zoagt zum guatn End.
A Mensch, der gschlagn werd und gehaßt
und sich für uns ans Kreuz schlagn laßt,
den bittern Weg des Leidens geht
und für uns stirbt und aufersteht.

D'Herbergssuche

A Frau und a Mo auf der Roas,
de kemma nach Bethlehem nei.
D'Maria is froh, denn sie woaß,
heut nacht kannt ihr Niederkunft sei.

Der Mo laßt sie net ausm Aug:
„Maria, sag, haltst as no aus?
Glei san ma im Dorf drinna, schaug,
fuchzg Schritt no, na kimmt 's erste Haus."

De Plagerei machtn nervös.
D'Maria, de duat eahm so leid.
Auf d'Bürokratie war er bös,
de ausgrechnet jetzt in der Zeit
a Frist für a Volkszählung setzt,
de grad so guat länger sei kannt.
So sans halt nach Bethlehem ghetzt.
D'Maria is elend beinand.
Sie schleppt se mit äußerster Müah,
'as Kreuz und schier ois duat ihr weh.
„Geh, Joseph, schaug nach an Quartier,
recht weit konn i gwiß nimmer geh."

Stockfinster is's scho umadum,
so spaat is schier neamand mehr drauß.
D'Leut hockan scho längst in der Stubn
und ratschn se no a weng aus.

Im erstn Haus, da hams bloß glacht.
Ma sitzt grad beim Kartnspuin zsamm.
„Ihr spinnts wohl, a Zimmer für d'Nacht!
Wißts net, daß ma Volkszählung habn?
Wo Tausende ziahng übers Land!
Koa Mensch hat a Eckerl mehr frei,
bei mir liegns wia d'Haaring beinand.
Ihr kriagts nix, des sag i euch glei!"

„Geh zua", hat der Joseph drauf gsagt,
„so schlimm san ma dengerscht net dro.
Es macht nix, mir ham euch nur gfragt,
weil d'Frau nimmer weitergeh ko.
Mir ham an Verwandtn im Ort,
der gfreut se gwiß, wenn er uns siehgt.
Der Judai, der schickt uns net fort,
nur schad, daß er drenterhalb liegt.
Da müaß ma durch d'Stoaleitn naus.
Maria, sag, hast no de Kraft?
Am Rachlberg drauß liegt sei Haus,
a wengerl no, dann hätt mas gschafft."

„Wennsd' moanst, Joseph, gehng ma hoit zua.
Was sei muaß, muaß sei in Gotts Nam!
Jetzt roas ma scho seit in der Fruah,
na gehts auf des aa nimmer zsamm."

Vom Rachlberg her tragt der Wind
an Klang von a Danzlmusik.
„Maria, jetzt pack mas bestimmt!
Beim Judai, da ham ma a Glück!

Wo d'Musi spuit, da konn nix fehln,
da wohna grad freundliche Leut.
Beim Judai sans lustige Gselln!
An uns zwoa hams gwiß de höchst Freud!"

Wias dort san am Judai sein Haus,
spuit d'Musi an lustign Danz.
A Mo kimmt zur Kuchltür raus,
as Gsicht voller rauschign Glanz.

Der Judai! – „Was wollts denn ös zwoa?
Vielleicht deats ma des mal varratn.
Was gibts vor mein Haus da zum doa?
Verdruckts euch, mir ham euch net gladn!
A Schmoiznudl kriagts meinetwegn,
weil Hochzeit is, kimmts net drauf o.
Dann wui i euch nimmermehr sehng,
ös Bettlleut, machts euch davo!"

„He Judai, du kennst mi scheints net.
Dei Vetter, der Joseph bin i!
A Wunder, wia d'Zeit schnell vergeht.
Zehn Jahr san pfeigrod scho dahi,
daß mir zwoa uns ham nimmer gsehng!
Und jetzt hast a Hochzeit im Haus.
Da kemma woi mir net ganz glegn.
Mir langa mit wenigm aus!
Ausgrechnet a Hochzeit, o mei,
da habts ihr ja 's Haus voller Gäst
und freile koa Zimmer mehr frei,
jedoch a kloans Kammerl, verstehst ..."

„Nix hab i! I gib koa Quartier!
I kannt aa koans gebn, wenn i möcht.
Zehn Jahr schaugst net oamoi nach mir,
grad jetzt, weilsd' mi brauchst, waar i recht!
I hätt gar koan Platz für euch zwoa.
Vom Erdbodn bis aufe zum Dach,
mei Haus is grad hint und vorn z'kloa,
ois is voller Menschn und Sach.
I konn net und wui net, hast ghört!
Und jetzt laßts mi bittschön in Ruah!
Denkts ruhig, der Judai is gschert,
mi juckts net, i woaß, was i dua.
Zwoa Schmoiznudln bring i euch raus,
na seids net umsunst bei mir gwest,
aber rei kemmts ma net in mei Haus!
Was sagatn da meine Gäst!
Vielleicht schaugts zur Herberg no hi.
Des is zwar a Massnquartier,
für euch is's guat gnua, moanat i,
de nehma euch gwiß bis morgn früah."
Der Joseph woaß net, wia eahm is,
a Welt bricht eahm zsamm in der Stund.
Der Judai bleibt hart, des is gwiß.
Was hat bloß der Mo für an Grund,
daß er koa Erbarmnis net kennt
und d'Gastfreundschaft höhnisch verlacht,
verschloßn, vom Hochmut verblendt ...
Der Deife geht um in der Nacht!
Er wui, daß des Kindl verdirbt
und neamand von eahm was erfahrt.
Daß's elend im Straßngrabn stirbt,
auf des hat der Hölldeife gwart.

So wars oiso nix mitn Quartier.
Der Joseph macht traurige Augn.
„Maria, i konn nix dafür,
mir müßn no anderswo schaugn."

Der Judai is neigrennt ins Haus
– vielleicht druckt'n 's Gwissn a weng? –,
bringt schnell no zwoa Schmoiznudln raus.
„A bißl an Bschoad werds wohl mögn!"

Der Joseph, der schaugt gar net hi.
„Wenn du uns in d'Nacht eineschickst,
na bhaltst aa de Nudln für di!
Gib Obacht, daß d' net dro dersticks!
Der Herrgott, der huift uns scho no,
er laßt uns net steh in der Not.
Mir wolln nix von dir, guater Mo.
Laß's guat sei, und jetzt pfüat di God!"

D'Maria steht angstle danebn.
„Geh, Joseph, hoit zruck mit dein Zorn!"
Sie laßt se de Schmoiznudln gebn.
„Es is no net alles verlorn.
Woaßt, Judai, für mi is's scho hart,
daß du bist zu gar nix bereit,
wo i doch a Kindl erwart.
I moa grad, heut nacht is's soweit."

Der Judai kimmt vollends in Wuat.
Eahm sitzt halt der Deife im Gnack,
eahm is net bewußt, was er duat.
„Ihr seids doch a elendigs Pack!

A Kind kriagst? Jetzt is's aber gnua!
Mit so was findts nachtlings zu mir!
Verdruckts euch und laßts mi in Ruah,
ihr kemmts ma net eina zur Tür!"

Der Judai geht eini ins Haus,
erzählt seiner Frau von der Gschicht.
Doch de moant: „Laaf schnell nomoi naus!
Hols eina, es is unser Pflicht!
Bedenk doch: A Frau, de entbindt,
de braucht doch an Raum und a Bett!
Versündigst di ja an dem Kind!
Laaf schnell hinterher, sonst is's z'spät!"

„Was, Pflicht!" schreit der Judai und lacht.
„Wenns Tag waar, na daat i nix sagn.
Doch ausgrechnet spaat in der Nacht!
Sie solln in der Herberg nachfragn."

Der Joseph hats weiter probiert,
hat oklopft bei arm und bei reich,
doch neamd hat Erbarmnis verspürt:
„So spaat is koa Platz mehr für euch!"

„Koa Platz mehr", wia leicht se des sagt!
Wia schnell is des Wörtl parat
im Hirn drinna – 's Herz werd net gfragt.
D'Maria nimmts hi und is staad.
Der Joseph hats tröst, so guats geht.
„Maria, jetzt hammas na glei.
Da vorn, wo der Ziachbrunna steht,
is d'Herberg, da lassn s' uns nei."

D'Maria ziahgts gar net so hi.
„Woaßt, Joseph, da gehts halt recht zua,
's Alloasei waar besser für mi,
i hätt hoit am liabern mei Ruah."

„Geh zua", brummt der Joseph dagegn,
„i woaß, was i wui, sei nur staad.
I sag, daß d' a Kind kriagst, werst sehng,
na hams scho a Zimmer parat."

Der Joseph schlagt aufe an Gong.
„He, Herberg, machts auf, es pressiert!
Oa Zimmer – des werds doch no ham,
mei Frau muaß ins Bett, sie is müad!"

„A Zimmer?" Der Herbergswirt lacht.
„Sehgts net, daß ma voll san bis obn!
A Zimmer so spaat in der Nacht,
euch fehlts wohl im Hirnkastl drobn!
Scho seit in der Fruah druckas rei,
a jeds möcht a nobligs Quartier.
Z'Mittag war koa Platz nimmer frei,
jetzt, spaat in der Nacht, da kemmts ihr!
A Notquartier hätt i bereit,
am Gang oder in der Remis.
Da liegn zwar scho überall Leut,
ihr müaßts es halt nehma, wias is.
Dafür zoihts an halbertn Preis,
a ogmeßne Sach, wia i find."
Drauf antwort d'Maria ganz leis:
„Heut nacht, wia Gott wui, kimmt mei Kind.

Habts net a kloans Kammerl zur Hand?
Mir richtn uns selber ois her.
I bin scho recht haudig beinand.
Erbarmts euch, i konn nimmermehr!“

„A Kind kriagst? I hör woi net guat!
Warum sagts'n des net scho glei?“
Der Herbergswirt kimmt schnell in Wuat.
„De Umständ und nachtlings des Gschrei!
Da daan se de Gäste beschwern.
Was moants, was de sagatn, he?
I laß mir mei Gschäft net verderbn.
A Frechheit is so a Idee!
Der Gast is des Höchste bei mir,
ois ander, des geht mi nix o.
Ihr kemmts ma net eina zur Tür!
Und jetzt machts euch schleunigst davo!“

An Joseph packt heiliger Zorn.
„Der Herrgott, der straft di dafür!
Bist aa moi ois Kindl geborn,
hast grad so a Liab braucht wia mir!“

Da hebt der Wirt drohad sei Hand.
„Jetzt da schau her, wuist mi belehrn?
Verschwindn sollst, hast des net gspannt?
Sonst müaßt i no handgreifle werdn.“

D'Maria geht zwischn de zwoa.
„Kimm, Joseph, es soll halt net sein.
Warum, woaß der Herrgott alloa,
am bestn, mir schicka uns drein.

Mir wolln nix dareicha im Streit!
Vielleicht moants der Mo net so schlecht,
am End duats eahm hinterher leid.
Er hat ja a kloans wengerl recht.
Wenn ’s Kindl no kaam in der Nacht
und ’s Haus is bis aufe voll Gäst,
was hättn mir Umständ hergmacht!
Es waar net des Richtige gwest.“

So sans oiso weiter de Straß,
der Joseph stocksauer voraus.
„Auf neamand mehr is a Verlaß.
Maria, i glaab, jetzt is’s aus.
I hab so an Zorn auf den Mo,
i waar eahm am liabern an Hois.
Wenn Not is, dann huift ma oan do.
Er hat bloß net wolln, des is ois.
Du hast eahm doch gsagt, wias dir geht,
da muaß er doch irgendwas doa,
und gsehng hot er, wias um di steht.
Der Mo muaß a Herz ham aus Stoa.
Ois oanzige Herberg am Ort,
da woaß ma doch, was des bedeut,
und doch schickt der Rüappe uns fort!
– Maria, was san des für Leut? –
Der schlagt doch an Herrgott ins Gsicht.
Des muaß eahm sei Gwissn doch sagn,
der Kerl hat koa Angst vor an Gricht!
Er muaß de Verantwortung tragn

für des, daß er hartherzig gwest,
uns weitergjagt hat wia zwoa Diab!
Maria, des gibt mir an Rest,
wenn oana koa Herz hat, koa Liab.
Wo bringst jetzt des Kindl zur Welt?
Im Straßngrabn – kimmts no soweit?
Maria, des hat uns no gfehlt:
koa Herberg zu nachtschlafner Zeit!
Warum greift der Herrgott net ei?
Mir ham uns de Schmach net verdient!
Zwengs meiner, da braucht ja nix sei,
es geht grad um di und des Kind."

„He Joseph, versündig di net!
Gott führt uns scho irgendwo hi.
I spürs, daß er neba uns geht,
drum nimm i gern alles auf mi.
Es führt uns a göttlicher Stern.
Hab ja gsagt zum Kindl in mir,
hab ja gsagt zu alle Beschwern,
und jetzt hör i so was von dir!
I woaß, daß ois schwer is für di.
Was gwesn is, hab i dir gsagt,
Der Herrgott führt di und führt mi –
und jetzt bist auf oamoi verzagt?"

Da hats eahm an Geist einegwaaht.
„I kunnt mi glei ohrfeign dafür!
Maria, du bist voller Gnad,
i steh himmeweit unter dir."

Und scho kimmt er mannig in Fahrt:
„Mir derfa koa Zeit mehr verliern" –
und gibt ihr ganz innig und zart
a ehrfürchtigs Bussl auf d'Stirn.

Wer arm is, nimmt manches in Kauf,
und bleibt oan a Haustür verwehrt,
macht Gott gewiß a andere auf.
Nur aufgregt sei, des waar verkehrt.
Ma fragt se, was d'Aufregung soi,
ois daats um was Besseres geh.
De Gschicht von der Krippn im Stoi,
de muaß ma ois Botschaft versteh.
Waar 's Kindl in Reichtum geborn,
a goidene Wiagn waar eahm gwiß! –
Vielleicht hätts an Liab was verlorn? –
Ma woaß's net, so nehm mas, wias is.

D'Geburt

So gehngas no weiter, de zwoa.
„Maria, sag, langts no a weng?
Geh, sitz di derweil auf an Stoa,
i find glei was, werst as scho sehng!“

„I konn scho no, Gott steht mir bei.
Hab nur wega meiner koa Angst!
Mir bleibn jetzt beinander all drei.
Nur wennsd' a weng langsamer gangst,
na kimm i scho mit neba dir.
Und 's Kindl, des halt so lang staad,
an Herrgott sei Huif steht dafür,
mir stehna in göttlicher Gnad.
Da, Joseph, schaug nauf zu de Stern,
so hell ham mas nia no net gsehng!
I woaß, daß ma aufgnomma werdn
und 's Kind in a Bettstattl legn.“

Der Joseph ziahgt o mit de Schritt,
am Hügl dort siecht er an Schei'!
D'Maria kimmt schier nimmer mit.
„A Liacht brennt, da müaßat wer sei!“

Scho klopft er ganz fest an a Tür.
„Machts auf, liabe Leut, laßts uns ei!
Der Herrgott, der dankt euch dafür,
a Kind mag euch Bittsteller sei!“

Der Lazarus wohnt auf der Woad,
sei Loamhüttn langt grad für zwoa.
„Für euch is koa Platz, duat ma load,
im Stall aber seids ganz alloa.“

Es is no net Regnzeit gwest,
und ’s Viech war no draußn am Feld.
„Gehts eina und seids meine Gäst,
i gib euch scho, wenn ebbas fehlt.
Dei Frau steht net guat auf de Füaß,
versorgt muaß sie wern, und des schnell.
Mir ham no a Erdäpflgmüas,
mei Jessica is glei zur Stell.“

Da kimmts aa scho zuawe, sei Frau,
und siecht auf oan Blick, um was’s geht.
„He, Lazarus, tummel di! Schau,
de Frau kriagt a Kind, siehgst des net!
A Liagastatt brauchts und a Ruah!
Schütt Stroh auf und steh net lang rum,
i bring no a Leintuch dazua,
und eßn könnts drin in der Stubn!“

Der Joseph, der findt des net schlecht,
und Unköstn hat er gwiß koa.
Und wia er zum Wasserholn möcht,
duat d’Frau einen angstign Schroa.

Sie kniat aufm nackatn Bodn,
und ’s Kindl möcht ausse ins Lebn.
Der Joseph, der rennt, was er konn:
„He, Lazarus, kimm amoi ebn!“

Der Lazarus is glei zu Stell,
steckt eina an Kopf zu der Tür.
Der Joseph schreit: „Bruader, mach schnell!
Dei Frau soll moi reischaugn zu ihr!“

Der Lazarus laft glei davo.
Sei Frau hat warms Wasser ogricht,
hat schnell a paar Tüacher zsammdo,
laft nüber – und wias nacha siecht,
daß ’s Kindl scho dortliegt am Bodn,
da hats ihr ganz machtig pressiert,
hats gwaschn, so guat sie des konn,
und gwicklt, damits es net friert.

„Liabs Kindl, wo legn ma di hi?“
D’Maria hat glückselig gschaugt.
„In d’Krippn nei, glei neba mi!
Des is gwiß a Platz, der eahm taugt!“

Der Lazarus hat a Idee
und is in sei Loambudn grennt.
Scho hoit er a Lammfell in d’Höh,
von dem er se niamois hätt trennt,
waar da net des Kindl geborn.
„Liabs Wuzerl, des sell ghört für di!
A Glück is uns teilhaftig worn!
Mir schenkns euch, da, nehmts es hi.
Vierzg Jahr lang lebn mir zwoa scho zsamm,
a Kinderglück war uns net gebn.
Des muaß ma hoit tragn in Gotts Nam –
und heut derf ma so was dalebn!“

Der Joseph hat 's Kindl neiglegt.
„Schaugts hi, wias sei Gsichtl verziahgt!"
Und hats na mitn Lammfell zuadeckt,
daß's ja koa Erkältung abkriagt.

D'Maria, de stemmt se auf d'Knia
und hoit se am Krippnrand ei,
schaugt eini zum Kindl mit Müah,
dems jetza a Muatter derf sei.
Wias drinliegt mit zwinkade Augn,
a Wuzerl im schummrign Liacht!
„Mei, kannt ma in d'Zukunft neischaugn!
Was woi mit dem Kind no ois gschiacht?"

Der Joseph vor Sorg schier vergeht.
„Maria, jetzt leg di weng hi,
'as Kindl, des braucht di jetzt net,
und aufraama dua na scho i!"

Der Lazarus wünscht no vui Guats,
sei Frau sagt, sie schliaßt se dem o.
„Wenns irgendwas brauchts, nacha duats
uns ruafa, mir kemma na scho!
Mir gebn euch a Muich und a Brot,
na brauchts net zum Eikaffa geh.
Mir helfa euch scho in der Not!"
Der Joseph, der dankt eahna schee.
Dann stellt er no d'Lampn an Bodn
und sagt zur Maria guat Nacht.
Er woaß se koan schöneren Lohn,
ois daß er de zwoa da bewacht.

„He Joseph, grad kimmts ma in Sinn!“
D’Maria langt ’s Bschoadtüache hi.
„Da san no zwoa Schmoiznudln drin
vom Judai, de selln san für di.
I mag nix und dir schmeckas gwiß.
Der Judai werds sicher bereun,
daß er gar so unguat gwen is.
Mir sollten de Sach eahm verzeihn.“

Und so is a Ruah gwen im Stoi.
Der Mond leucht aufs Strohdache drauf.
Der Joseph, der fuit se so woi
und ißt de zwoa Schmoiznudln auf.

Er denkt nomoi zruck, was ois war,
wias bettlt ham um a Quartier,
beim Judai, beim Herbergswirt gar,
wias nutzlos is gwen de ganz Müah.
D’Leut muaß ma hoit nehma, wias san,
a jeds is moi guat und moi schlecht,
und wenns hoit ihrn Rappe grad ham ...
Wer handelt scho oiwei gerecht?
Jetzt hot er ja ois, was er woit,
der Joseph, a Wunder is des!
A Huif, de von obn awafoit!
Jetzt is er aa neamand mehr bös.

Der Herrgott, der richt scho ois ei,
aa wenns oan zerscht beitlt und treibt.
Er möcht unsa Hoffnungsliacht sei,
des aa no, wenns finster werd, bleibt.

Sehgts, Leutln, des sell is de Gschicht
vom Kindl, geborn in an Stoi.
Und wenn ma de Einsamkeit siecht,
de Staadn, dann fragt ma se woi:
Wo bleibt da der himmlische Glanz,
wenn Gott auf de Welt runterkimmt? –
De Gschicht, de is wahr und is ganz,
der Glanz kimmt alloanig vom Kind.
Vom Kind, des für di und für mi
zum Heil auf de Welt kemma is.
Ma woaß, und es sagt se leichthi,
aber faßn konn's neamd, des is gwiß.

Was is da a menschliche Müah,
de festlichn Liachtglanz erfindt! –
Wer nachdenkt, foit nieder auf d'Knia,
duat betn zum göttlichn Kind.

Wia d'Hirtn kemma san

A Wind waaht ganz leicht übers Feld,
streicht über d'Olivnbaam hi,
'as Mondliacht foit runter auf d'Welt,
a Ruah is bei Menschn und Vieh.

Drei Mannaleut san auf der Woad,
zwoa schlafa und oana steht Wach.
Er schaugt übers ogmaahte Troad,
dann schlagt er auf oamoi an Krach:
„He Urija, hörst as, wias klingt?
Den Klang hab i nia no net ghört.
Es is grad, ois ob jemand singt.
Ob des uns a Zeichn sei werd?
Horchts auf, jetza fangts wieder o!
Möcht wettn, des wui was besagn.
A Zeichn, des Glück bringa ko,
ma woaß's net – wen kannt ma denn fragn?"

Der Josaphat kratzt se am Hirn.
„Der Lazarus wissat da mehr.
Auf Brüader, mir kanntns probiern!
Mir kemma na glei wieder her."

Da kimmts eahna grad a so vor,
ois brechat a Wolknloch auf
und singat a himmlischer Chor!
Oi drei falln auf d'Knia und schaugn nauf.

Is's ebba a Eibuidung gwest? –
Der Urija aber hätt gschworn,
daß s' gsunga ham deutlich und fest:
„Euch is heut der Retter geborn!
A Friedn soll sei auf der Erd,
und Ehre sei Gott in der Höh!
D'Erlösung euch teilhaftig werd!"
So kunnt mas ganz deutle versteh.

Da sans übers Stoppelfeld grennt.
„Werds sehng", hat der Urija geschrian,
„kimmt gar der Messias am End!
Mir derfa koa Zeit mehr verliern!"

Der Josaphat schnauft wia a Roß,
bleibt steh und schaugt nauf zu de Stern.
„Kimm, Bruader, pressiern duats, renn los!
Beim Lazarus brennt a Latern."

Dersell sitzt am Tisch in der Stubn
und denkt an des Kindl im Stoi.
's is besser, er schaugt nomoi num –
da reißns' scho d'Tür auf, de drei.
Der Urija, des is der erst:
„Gäi, Lazarus, schmeißt uns net naus?
Wennsd' grad nur a weng auf uns hörst:
Was Bsunders gschiacht über dein Haus!
I moan, grad a Wunder is des:
Du werst jetza sagn, daß i spinn! –
A Chor von gottsmachtiger Größ
hat gsunga im Wolknloch drin!

Oi drei ham ma todangstle gschaut
und gmoant, jetza san ma verlorn.
Da singa de Engl ganz laut:
'Euch is heut der Retter geborn!
A Friedn soll sei auf der Erd,
und Ehre sei Gott in der Höh!
D'Erlösung euch teilhaftig werd!'
So kunnt mas ganz deutle versteh!"

„'s kannt sei", hat der Lazarus gmoant,
„daß i de Bedeutung erfind",
dann hat er vor Rührung schier gwoant,
„schaugts nüber, im Stall liegt a Kind."

Auf Zehan sans' umi, de drei,
lurn ehrfürchtig hi auf des Kloa.
Der Joseph brummt: „Muaß denn des sei?
Gehts ausse und laßts uns alloa!"

„Geh, reg di net auf, um Gotts Wuin,
mir wolln nur des Kindl da sehng
und eahm a kloans Stückl aufspuin,
da habts ihr doch gwiß nix dagegn.
Es is heut a bsunderne Nacht.
A heilige Unruah is gwest,
a Liachtschei in himmlischer Pracht,
und Engl ham gsunga, vastehst?
Drum san ma hoit losgrennt oi drei.
Wer woaß, was heut nacht no ois werd!
A gottgnadigs Wunder müaßt's sei! –
Jetzt bist nimmer grantig, hast ghört?

Oi drei san ma lustige Gselln,
ham bambusne Flötn im Sack.
Heut nacht derf a Musi net fehln.
Moanst net, daß 'as Kindl des mag?"

Der Joseph is hellhörig wordn.
„A Unruah, was waar denn jetzt des?
Uns is grad a Kindl geborn ...
Na spuits hoit, i bin euch net bös!
Wißts, 's Kindl, des wui hoit sei Ruah,
d'Maria braucht aa a weng Schlaf.
Oa Stückl, ganz kurz, dann is's gnua,
dann gehts wieder naus zu de Schaf!"

Scho stehna oi drei um des Kind.
„O mei", sagt der oa, „jetzt schaugts her!"
„So a Neugeborns is do no blind!"
sagt der ander. „Zehn Tag ungefähr.
Und sehats dein greislign Bart,
na daats sicher woana im Nu.
So a Kindl is ganz ebbas Zarts
und mag koan so'n Trampe wia du!"
„Und du, buidst dir ei, daatst eahm gfoin!
Grad du mit deim Muhacklgsicht!
Auf, Brüader, a Musi werds woin!
Daß 's Kindl sei Freud hat, seids gricht?"

Und scho nehmas d'Flötn in d'Hand,
drei Mannaleut, boanig und hart,
wo jeder an Baam reißn kannt.
Aber gspuit ham de, gspuit hams so zart,

a himmlisches Stückl vom Wind,
der sanft auf der Woad draußn waaht,
zu Ehren vom göttlichn Kind.
„Schaugts hi, jetzt is's mucksmeisalstaad!"

„Geh, spinn doch, a neugeborns Kind",
sagt oana, „des konn doch nix hörn,
sonst derfast aa du, wia i find,
net gar so ins Kripperl neiplärrn!"

Da hams alle zsamm lauthois glacht.
Da oa is zum Kindl hitretn
und hats voller Andacht betracht
und hätts so gern olanga mögn.
„A Wunder is des, so was Kloans,
ma werd gar net fertig mitn Schaun.
Auf, Brüader, jetzt spuin ma no oans!"
Er hat ses net olanga traun.

Des Stückl, des war woi des schönst,
des s' gspuit ham, vom Liacht in der Nacht,
des über der Schafwoadn glänzt,
wenn d'Sehnsucht oan unruhig macht,
daß oamoi a Retter erscheint,
so wia der Prophet hat erzählt,
der oisam in Friedn vereint
und Hoffnung bringt für de ganz Welt.

Inzwischn is ’s Kindl aufgwacht,
d’Maria hats gnomma an d’Brust.
O selige, heilige Nacht!
– Wias weitergeht, hat neamand gwußt.

Was mag aus dem Kindl no werdn?
Der Herrgott, der macht scho ois recht.
’s Prophetnwort redt von an Stern,
der aufgeht aus Jakobs Geschlecht.

De Weissagung hat se erfuit,
a Stern glänzt in helliachter Pracht.
Er führt uns aus Sünde und Schuid.
O selige, heilige Nacht,
schier zwoatausend Jahr is sie her.
Der Mensch is net besser seitdem,
doch d’Hoffnung, ja, d’Hoffnung is mehr,
obwoi ma in Unfriedn lebn.

De Welt is hoit koa Paradies,
an Liab und an Demut, da feits.
Wia ’s Kindl auf d’Welt kemma is,
is gwachsn scho ’s Hoiz für sei Kreuz

Neamd woaß, wia lang d’Erdn no steht,
wanns endlich is aus mit der Zeit,
wann alles zerbricht und vergeht.
Der Mensch is ja unglaublich gscheit,

stellt d'Wissenschaft in seine Dienst,
baut sein babylonischn Turm
und ois geht nach Vorteil und Gwinnst.
So stehna de Zeichn auf Sturm.

Koa Mensch woaß, was alles no kimmt.
Nur oana hat ois in de Händ,
auf d'Welt is er kemma ois Kind,
ois Heilsbringer kimmt er zum End.

Seitdem uns des Kindl geborn,
is jedm a Hoffnung vermacht,
daß koana is ewig verlorn,
a Stern leucht inmittn der Nacht.